For Kinsley, Hope, Hugh,
Joseph, Luke & Noah

LITTLE SKIPPER PRESS, INC.

1317-M North Main Street #241. Summerville, SC 29483, U.S.A.

www.littleskipperpress.com

06 05 04 03 02 BNG MN 0515

PUBLISHER'S CATALOGING-IN-PUBLICATION DATA

   Kilby, Lee.
      Oscar goes to big school / story by Lee Kilby ;
   illustrations by Jolie Getty.
         p. cm.
      In English and Spanish.
      SUMMARY: Explores the unique events of a child's
   first day of kindergarten, easing the reader's
   transition into primary school.
      Audience: Ages 4-6.
      LCCN 2011963535
      ISBN 978-0-9827496-2-3 (full-size format)
      ISBN 978-0-9827496-3-0 (mini-format)

      1. Kindergarten--Juvenile fiction. 2. First day of
   school--Juvenile fiction. [1. First day of school--
   Fiction. 2. Schools--Fiction. 3. Spanish language
   materials--Bilingual.]   I. Getty, Jolie, ill.
   II. Title.

   PZ7.K55445Osb 2012   [E]
                     QBI11-600241

MANUFACTURED IN THE UNITED STATES OF AMERICA

Oscar Goes To Big School

Story by Lee Kilby
Illustrations by Jolie Getty

Little Skipper Press

Dear Parents,

Whether your child has been at home or in a pre-K program, starting primary school is both an exciting and challenging time. It's common for children as well as their parents to experience some anxiety about "big school". Some simple steps can ease the transition for you both.

Talk to your child about the new setting. Take your child to meet the new teacher and tour the new classroom. If possible, tour the bathrooms, library and cafeteria. Discuss school and bus safety rules. Read stories about school with your child. This will give them an opportunity to talk about any fears.

You will find much potential support and encouragement as you form relationships with other parents and educators in your child's new school. Remember that you are the most important supporter your child has. We hope your family enjoys the story of Oscar's first day in "big school". Have a wonderful school year!

Estimados padres:

Ya sea que su niño haya estado en casa o en un programa preescolar, comenzar la escuela primaria es una etapa divertida a la vez que desafiante. Es común que tanto los padres como los hijos experimenten cierto nivel de ansiedad sobre la "escuela grande". Algunos pasos simples pueden facilitar la transición para ambos.

Háblele a su hijo sobre el nuevo entorno escolar. Llévelo a conocer a su nueva maestra y el salón de clases. Si fuera posible, muéstrele también los baños, la biblioteca y la cafetería escolar. Asimismo, deben hablar sobre las reglas de seguridad de la escuela y del autobús. Léale historias escolares al niño. Ello le dará la oportunidad de expresar cualquier temor que pudiera sentir.

Usted también podría encontrar apoyo y aliento a medida que desarrolle relaciones con otros padres y educadores en la nueva escuela de su hijo. Recuerde que usted es el apoyo más importante que su hijo tiene. Esperamos que su familia disfrute la historia del primer día de Oscar en la "escuela grande". ¡Que tengan un excelente año escolar!

Oscar's room is dark and he is asleep.

El cuarto de Oscar está oscuro y él está durmiendo.

Then Mama whispers "Oscar wake up".

Luego, su mamá le dice en voz baja: "Oscar, despierta".

Oscar puts on his clothes and shoes.

Oscar se viste y se pone los zapatos.

He eats breakfast and packs his backpack.

Desayuna y prepara su mochila.

Today is a big day because Oscar is going to big school.

Hoy es un gran día porque Oscar irá a la "escuela grande".

After breakfast, Oscar combs his hair.
Luego del desayuno, Oscar se peina.

Oscar looks in the mirror.
Oscar se mira al espejo.

He looks very handsome.
Se ve muy guapo.

Oscar smiles because he is going to big school.
Oscar sonríe porque irá a la "escuela grande".

SCHOOL DISTRICT

Then Mama and Oscar wait for the bus.

Luego, Oscar y su mamá esperan el autobús.

The big yellow bus makes a loud noise when it stops.

El gran autobús amarillo hace mucho ruido al detenerse.

Oscar finds a seat on the bus.

Oscar busca un asiento en el autobús.

The ride feels long but Oscar is brave because he is going to big school.

El viaje le parece largo, pero Oscar es valiente porque está yendo a la "escuela grande".

The bus pulls up to the school and stops.
El autobús se detiene en la escuela.

Oscar sees children lined up along the wall.
Oscar ve a los niños formar una fila junto a la pared.

Then he sees his teacher waiting.
Luego ve a su maestra esperando.

Oscar is excited because he is going to big school.
Oscar está contento porque va a la "escuela grande".

In his classroom, Oscar finds his name on a cubby.

En su aula, Oscar ve su nombre en un casillero.

He finds his name on a chair at a table.

Ve su nombre en una silla junto a una mesa.

A boy at the table says hello.

Un niño en la mesa lo saluda.

Oscar makes a new friend because he is going to big school.

Oscar hace un nuevo amigo porque va a la "escuela grande".

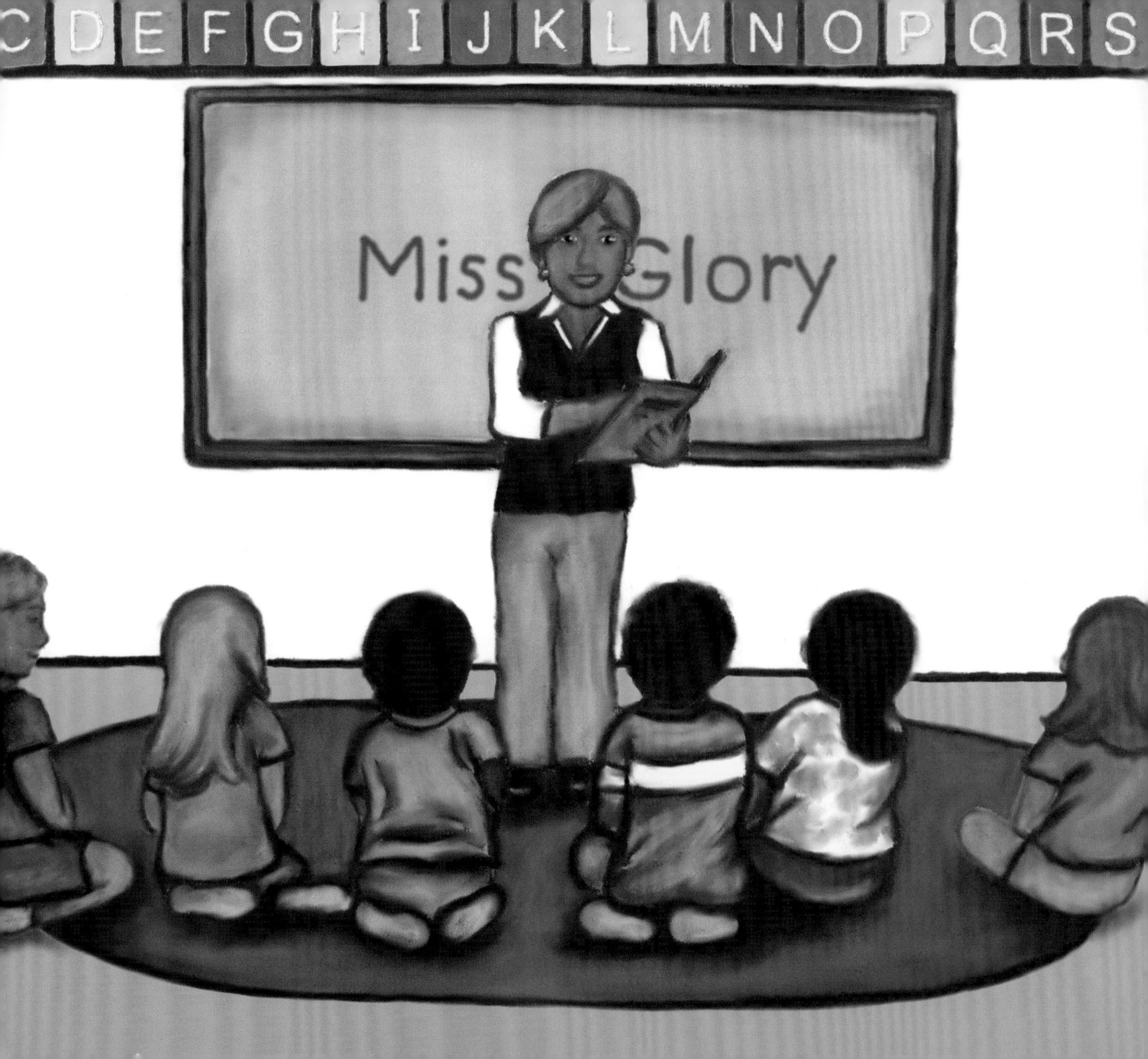
C D E F G H I J K L M N O P Q R S
Miss Glory

The teacher says "Good Morning, my name is Miss Glory."
La maestra dice: "Buen día, mi nombre es Señorita Gloria".

She calls the roll call.
La maestra toma lista.

She talks about the daily schedule and the classroom rules.
Habla de las actividades diarias y las reglas del aula.

Oscar listens because he is going to big school.
Oscar escucha porque va a la "escuela grande".

Miss Glory tells everyone they can choose a center.
La Señorita Gloria les dice a todos que pueden escoger un centro.

Oscar looks through the microscope.
Oscar mira por el microscopio.

He waits to play with a train.

Espera para jugar con un trenecito.

Oscar takes turns because he is going to big school.

Oscar espera su turno porque va a la "escuela grande".

Then Miss Glory calls everyone to line up to go outside.
Luego la Señorita Gloria llama a todos para que hagan fila para salir.

She talks about playground safety.
Ella habla sobre la seguridad en el patio de recreo.

She says "Watch out for the swings."
Ella dice: "Cuidado con los columpios".

Oscar climbs on the monkey bars because he is going to big school.
Oscar se sube a las barras porque va a la "escuela grande".

After outside time everyone goes
inside to get ready for lunch.
*Después de jugar afuera, todos entran para
prepararse para el almuerzo.*

It is bathroom time.
Es hora de ir al baño.

Oscar washes his hands.
Oscar se lava las manos.

Oscar gets his lunch bag from his cubby because he is
going to big school.
*Oscar toma su almuerzo de su casillero porque va a la
"escuela grande".*

In the lunchroom Oscar sits at a long table.
En el comedor, Oscar se sienta en una mesa larga.

Some children have lunch bags.
Algunos niños tienen sus bolsas de almuerzo.

Others go through a line to get food on a tray.

Otros forman fila para tomar una charola con comida.

Oscar sets out his lunch for himself because he is going to big school.

Oscar saca su almuerzo porque va a la "escuela grande".

After lunch Miss Glory reads a big book.
Después del almuerzo, la Señorita Gloria lee un gran libro.

She puts the book on an easel.
Coloca el libro sobre un atril.

She asks for a helper to turn the pages.
Pide un ayudante para que la ayude a voltear las páginas.

Oscar is able to read some of the words because he is going to big school.
Oscar puede leer algunas de las palabras porque va a la "escuela grande".

Soon it is time to go home.
Muy pronto, es hora de irse a casa.

Oscar gets his backpack from his cubby.
Oscar toma la mochila de su casillero.

He lines up with the bus riders.
Se coloca en la fila con los niños que esperan el autobús.

Oscar walks down the hallway in a straight line
because he is going to big school.
*Oscar camina por el pasillo en línea recta porque va a la
"escuela grande".*

At last Oscar sees Mama waiting at the bus stop.
Por fin, Oscar ve a su mamá esperándolo en la parada del autobús.

They walk home and Oscar eats a snack.
Caminan a casa y Oscar come un refrigerio.

He has so many things to tell Mama.
¡Tiene tantas cosas que contarle a su mamá!

But Oscar is too tired to talk because today he went to big school.

Pero Oscar está demasiado cansado porque hoy fue a la "escuela grande".